David Jaffin · Hören auf die Stille

W0307286

David Jaffin

Hören auf die Stille

Erzählungen

johannis

Bibliografische Information Der Deutschen Bibliothek
Die Deutsche Bibliothek verzeichnet diese Publikation in der Deutschen Nationalbibliografie;
detaillierte bibliografische Daten sind im Internet über http://dnb.ddb.de abrufbar.

ISBN 3-501-01484-8
TELOS-Paperback 72 442
© 2004 by Verlag der St.-Johannis-Druckerei, Lahr/Schwarzwald
Umschlagbild: B. Schmid/E. Geduldig
Umschlaggestaltung: Friedbert Baumann
Gesamtherstellung:
St.-Johannis-Druckerei, Lahr/Schwarzwald
Printed in Germany 15540/2004

Inhalt

Der „erste“ Gottesdienst

Ich war immer aufgeregt vor meinem ersten Gottesdienst nach einer langen Ferienzeit. Ich war an etwas anderes gewöhnt, an Schwimmen, an Ausflüge, um innerlich zur Ruhe zu kommen, und jetzt, als ob es das erste Mal wäre, ein Gottesdienst. Diese innere Erregung hatte sicherlich auch damit zu tun, dass für Pfarrer, die ihren Auftrag ernst nehmen, der Gottesdienst das wichtigste Ereignis hier auf der Erde ist. Vielleicht wird ein Mensch so angesprochen, dass er sein Leben ändern wird und Christus und nicht sich selbst als seinen Herrn annimmt. Deswegen fragen wir uns: Habe ich diesen Text in der Tiefe und auch existenziell ausgelegt? Wir wissen wohl, dass der Herr der wahre Sämann ist, dass er über sein Wort und seine Auswirkung verfügt, aber wir müssen auch unseren Teil tun, authentisch, wahrhaftig, heilsgeschichtlich, aber auch persönlich predigen. Das Wort muss uns selbst, wie Luther sagte, richten und ausrichten, nur dann können andere betroffen werden.

Nach einer unruhigen Nacht kommt diese innere Erregung, der Gang zur Kirche, welche man gut kennt seit Jahren, zu einer zum größten Teil freundlich gesinnten Gemeinde. Aber trotzdem scheint dieser Gang ungewöhnlich zu sein, der altbekannte Raum wirkt irgendwie fremd, ungewöhnlich mit Bildern von Schwimmen, italienischer Wärme, immer wieder in unser Bewusstsein eingeblendet, als ob die

Ferienzeit immer noch Anspruch an uns erheben würde.

Und dann der Weg auf die Kanzel, die jetzt, Schritt für Schritt höher scheint, als sie in Wirklichkeit ist. Man schaut auf die Gemeinde herunter, nein, man schaut auf sich selbst und wie der allmächtige Gott auf uns herunterschaut, prüfend, wartend. Und dann kommen die Worte von Christus, seiner Allmacht und Liebe, und plötzlich sind wir wieder zu Hause, da, wo unser wahres Zuhause ist und immer bleiben wird, unter Gottes ermahnendem und tröstendem Wort.

Die Treppe

Ich gehe diese hinunter – sie empfängt mich kurvenreich und es ist, als ob ich mich in eine andere Wirklichkeit hineintasten würde. Ja, weil hier nichts festzuhalten ist, kein Halt, sondern nur Bewegung, Schatten, welche mich sorgfältig begleiten, und dieser Widerhall von meinen Schritten oder vielleicht genauer gesagt, von meinen Gedanken.

Ich weiß, dass ein Ziel zu erreichen ist, aber kann es nicht im Auge behalten. Es ist, als ob die Treppe mich führen würde wie von unsichtbarer Hand tiefer, immer tiefer in eine längst vergessene Zeit ...

So klein, wie wir wirklich sind

Ein Detail – wir brauchen etwas, an dem wir uns festhalten können, sonst bekommen wir keine Ruhe: ein Detail des Lebens, eine flüchtige Bewegung, die Wahrnehmung einer Farbe, eine bestimmte/bestimmende Blume.

Große Maler haben das immer gewusst. Irgendwie muss die Form gesichert werden, Raum zum Atmen bringen. Etwa, wie oft bei der Darstellung des Sündenfalls das Obst in die Mitte gestellt wird. Ein Detail, welches das Ganze erläutert. Oder wie der große Giovanni Bellini den gekreuzigten Christus zum inneren Leben bringt durch eine Wunde mitten in seinem Leib – ein Detail, welches die Kreuzigung selbst vergegenwärtigt.

Warum erinnern wir manches und vergessen vieles? Sicherlich sind wir selbst hier selektiv, was uns wichtig erscheint, wird im Gedächtnis festgehalten, ob Aussagen zu bestimmten Themen oder vielleicht ein Kleidungsstück, sogar – wie manche vielleicht hoffen – eine Frisur.

Aber diese Details entsprechen für uns irgendwie einem Ganzen. Sie bleiben bestimmend, erhaltend wie manche Filme oder Bücher durch eine bestimmte Szene oder eine bestimmte Person in einem bestimmten Zusammenhang.

Könnte es sein, dass wir selbst nur solche Details für andere sind: Begegnungen mit uns, unseren Aussagen zu bestimmten Themen, was wir angezogen hatten ... Dass wir selbst als Ganzes nur durch solche Details wahrgenommen werden. Ja, so klein, wie wir wirklich sind.

Die Maserungen

Holz hat seinen eigenen Charakter wie Menschen. Es besitzt eine äußerlich schützende Rinde, aber auch seine inneren feinen Maserungen.

Wenn Jesu Kreuz lebendig ist und bleibt, birgt es Triebe in sich wie in manchen Darstellungen. Vielleicht tragen die Maserungen dieses entblößten Holzes auch Spuren von Jesu Angst, Leiden und Tod, wie für die Menschen, welche dieses Heil empfangen haben.

Ein Rentner mit 58

Er war nicht wie die vielen anderen, welche scheinbar in der gleichen Lage waren – im Vorruhestand, noch nicht 60. Mit einer so hohen Lebenserwartung wie heute, und er war kerngesund, hat er vielleicht 20 oder 25 Jahre vor sich.

Eigentlich hatte er von der Zeit geträumt, wenn es keinen Druck, keinen Stress mehr in der Arbeit geben würde, wenn die kleinen Spannungen menschlicher Art, welche jeder im Beruf erlebt, vorbei sein würden. Jetzt würde er Zeit und Muße haben, zu tun, was er immer tun wollte.

Aber das gerade schien sein Problem zu sein: Was wäre zu tun? Weil er eigentlich nichts tun wollte und mit der Zeit merkte, dass Langeweile auch innerlich zu Spannung führt wie am Arbeitsplatz.

Und in so eine Spannung zum Beispiel geriet er mit seiner Frau. Sie hat ihre eigene Art zu leben, ihren eigenen Rhythmus im Beruf, meistens halbtags zu Hause. Aber jetzt fand sie ihren Mann auch zu Hause und er plagte sie, weil er Langeweile hatte. Das führte zu mancherlei kleinen Streitereien wie am Arbeitsplatz.

Aber schlimmer noch, er war nicht praktisch veranlagt und konnte nicht wie so viele Rentner gute Gartenarbeit leisten, dazu hatte er keine Lust und wenig Fähigkeiten, noch konnte er praktische Arbeit für andere leisten.

Viele Rentner leben mehr oder weniger für ihre

Enkelkinder, für die Zeit, wenn sie diese Kinder hüten, verwöhnen, und sich auch damit selbst ein bisschen jünger fühlen. Aber er hatte keine Enkelkinder.
Ich erinnere mich immer an ihn als an jemanden, der wirklich hilflos erschien, unmotiviert, immer gelangweilt dastand, mit einem etwas abwesenden, fast zerstreuten Blick. Ein Rentner mit 58.

Sehen

Ich sehe nur, was ich sehe und was mich sieht. Es gibt beides, eine bewusste Art zu sehen und zu sehen, was man wirklich nicht sieht.

Bewusst sehen hat auch etwas mit Denken zu tun. Bewusst sehen entspricht der Form, die man sieht, und die gestaltete Form ist in sich geschlossen. Bilder greifen dann sogar tiefer, als man denkt.

Leider aber schauen wir meistens etwas an und sehen nicht wirklich, formlos, irgendwie abseits von unseren Gefühlen und Wahrnehmungen.

Sehen bedeutet eine Ich-Du-Beziehung, auch gesehen werden. Farben können uns zum Beispiel ins Auge springen. Wir treffen uns.

Wenn wir den Herrn im Gericht sehen, erst dann werden wir uns selbst zum ersten Mal richtig sehen. Alle Spiegelbilder trügen und sind in sich eine Art von Selbsttäuschung, indem wir sehen, was nicht wirklich ist.

Selbstlos

Gerne ging er in Kunstgalerien, und zwar vor allem aus einem Grund: um zu beobachten, wie die Menschen diese Bilder anschauten, ihre genauen Gesichtsausdrücke, ihre Bemerkungen dazu. Irgendwie spürte er, dass solche Reaktionen diese Bilder lebendig machten, so lebendig, als ob die Personen, welche dargestellt waren, ihm jetzt nahe wären.

Ja, Personen. Er interessierte sich nur für Porträtmalerei, für Menschen und wie sie dargestellt werden, und wie andere sie empfinden. Was interessierte ihn solch poetisches Zeug wie Landschaftsmalerei oder Stilleben? Er lebte hier und jetzt, und zwar in Beziehung zu Menschen, lebendigen Menschen oder lebendig gemachten Menschen.

Auch Theater liebte er sehr, für Lyrik und Romane hatte er wenig übrig, aber im Theater, auch in der Oper, war er unter lebendigen, geistig aktiven Menschen, und was dargestellt wurde, hatte mit der Wirklichkeit zu tun, mit lebensnaher Wirklichkeit. Er liebte es, vor allem in den Pausen hin und her zu gehen, zu lauschen, was andere über dieses Stück sagten. Irgendwie machten diese Bemerkungen das, was er vor Augen gesehen hatte, nochmals lebendig, als ob das, was er sah, auch wenn dieses Stück hundert Jahre alt war, irgendwie jetzt für ihn, für alle Zuschauer gegenwärtig wäre.

Auch wenn er nicht in Kunstgalerien oder ins Theater ging, wanderte er durch die Straßen, wie gesagt, wo Menschen zu finden waren, nicht auf dem Land, auf den Feldern, sondern unter Menschen, um auf ihre Gespräche zu lauschen, ihre Gesichtszüge zu studieren, die Art und Weise ihrer Unterhaltung in sich aufzunehmen.

Aber dieser Mensch, der sich so nach Nähe und menschlicher Gemeinschaft sehnte, hatte keinen einzigen Freund.

Der Hut

Heute wollen wir über einen besonders wichtigen Gegenstand reden, nämlich den Hut. Warum ist er so wichtig, werden Sie bestimmt fragen. Weil er ganz nahe auf unserem Kopf sitzt. So reden die Anglo-Amerikaner von unserem „thinking hat" – unserem Denkhut, denn wenn wir unseren Hut, den richtigen, ausgewählten, passenden Hut aufsetzen, können wir bestimmt besser denken, weil unsere Gedanken eingehüllt sind, von dem sorgfältig ausgesuchten Hut.

Der Hut ist für manche ein spielerischer Gegenstand, wie für Magritte, der einen Hut malte, an Stelle von jemandes Kopf, und der Kopf wird über den Hut gehalten. Warum?, fragen sie? Sicherlich, weil der Hut die wahre Quelle der Inspiration bleibt und der Kopf das alles nur weiter trägt.

August Macke liebte diesen Gegenstand so sehr, dass er häufig Frauen vor einem Hutgeschäft malte. Was tun sie da? Sie bewundern diese Hüte so sehr, als ob es keine Grenze mehr geben könnte zwischen ihrer Bewunderung und ihrem neuen, aber sie noch nicht zierenden Kopfschmuck.

Einmal waren wir bei einer englischen Hochzeit eingeladen, und selbstverständlich war der Hut, die Hüte das Hauptanliegen aller wahren, kultivierten Augen: ihre Farbe, ihre Form und darunter die passende Frau, welche dazu ein gefristetes, niederes Dasein führte, aber trotzdem als selbstbewusste Besitzerin ihres einmaligen „Oberhauptes".

Für manche, welchen der Hut nur als Schutz für einen kalten Tag oder gegen einen unerwarteten Sonnenstrahl dient, möge dieser Aufsatz eine Anregung sein, um sich mit höheren Dingen zu beschäftigen.

Das Rätselhafte

Ein Schleier der Unwirk-
lichkeit umgibt diesen
Ort

Ende Mai und die Blüten er-
streben eine klarere
Sicht der Dinge

Der Bach fließt heimlich
zwischen Gebüschen verborgen

Und indem ein Vogel
seine Stimme erprobt
wurde das Ferne nahe
und das Nahe

verschleiert.

Wechselbäder

Wir gewöhnen uns zu schnell und zu leicht an die Dinge. Sogar Befreite aus den Konzentrationslagern konnten sich kaum vorstellen, dass es etwas anderes gibt oder geben kann, auch wenn sie vor nicht langer Zeit so etwas Schreckliches erlebt hatten.

Wir reden z. B. von festgefahrenen Beziehungen. Gemeint ist, dass diese Menschen sich an ihre Probleme miteinander so gewöhnt haben, dass sie innerlich kapituliert haben gegenüber dem Vorgegebenen, als ob Änderungen nicht möglich wären.

Lehrer, welche von bestimmten Schülern täglich geplagt werden, finden es kaum vorstellbar, dass solche Schüler sich ändern können oder es mindestens versuchen.

Depressiv veranlagte Menschen fühlen sich wie überschattet, als ob sie Opfer dessen wären, was außerhalb von ihnen wirkt.

Die Bibel sagt uns aber, dass wir trauern sollen mit den Trauernden und uns freuen mit den Glücklichen. Als Pfarrer muss man sehr schnell innerlich umschalten, wenn nach einer Beerdigung eine Trauung stattfindet oder umgekehrt. Und diese innerliche Änderung soll, um überzeugend zu sein, keine Spur von Künstlichkeit an sich haben.

Wechselbäder dieser Art zeigen, was Sophokles, der größte griechische Dramatiker, bezeugt, dass sie uns innerlich so überwältigen können, dass wir damit zugrunde gerichtet werden.

Aber im umgekehrten Sinne werden in der Bibel solche Stimmungswechsel wahrgenommen zwischen der großen Erwartung an Jesus, der großen Enttäuschung durch die Passionszeit und dann der strahlenden Freude, begründet in seiner Auferstehung. Vielleicht sollen diese raschen, aber tiefen innerlichen Änderungen der Jünger uns als ständige Beispiele dienen. Aber ändern sich meistens so schnell und so tief die Tatsachen unseres Lebens?

Hier geht es auch um Temperamentsunterschiede. Ich persönlich reagiere zugleich rasch, aber tief. Von Ärgern zu Vergebungsbereitschaft kann ich plötzlich aber auch sehr tief wechseln.

Bei anderen bleiben die bestehenden Eindrücke und Gefühle lange und schwer zu durchbrechen, wie Wolken, welche sich tief ineinander gesammelt haben oder umgekehrt auch der ständige Duft von Frühling, Blumen und Sonnenschein.

Tagelang hat es geregnet. Es war trübe. Diese äußerliche Tatsache fing an, inneren Bestand zu gewinnen. Für mich als Amerikaner war verweilen in meiner Badewanne eine Art, mich zutiefst auszuruhen, mich sozusagen zu sammeln. Dieser Ruhepol in meinem täglichen Leben war eine Art, den Tag neu anzufangen, eigentlich sehr kurz, nicht länger als ein paar Minuten.

Und so nach Tagen von Regen lag ich etwas selbstvergnügt und selbstsammelnd in meiner dankbaren

Badewanne und schaute den trüben Himmel an. Aber was kam als Vorfrühstücksbote: eine leichte, helle, einzelne Wolke und ja, sogar etwas blau dazu, vielleicht als Zeichen eines Tages, welcher mir wirklich neuen, klaren, feinen Zuspruch bringen wird.

Summertime

Es gibt Gegenden, wo es im Sommer anhaltend intensiv warm ist. In meiner Heimat, außerhalb von New York, kann es im Juli und vor allem im August solches Wetter geben, sogar wochenlang mit Temperaturen über 30 Grad und sehr hoher Feuchtigkeit. Als meine Frau als frischgebackene Ehegattin mit mir Ende September das erste Mal nach New York flog, war es so heiß und so feucht, dass wir beide gleich an Kolumbus dachten – vielleicht sind wir tatsächlich in Indien gelandet, nicht in der „neuen Welt".

Ganz anders ist das Wetter hier in Süddeutschland. Zwar kann es fast so heiß und schwül sein, aber solche Witterung hält sehr selten lange an. Dann kommt, wie heute, das erste Gewitter, und bald haben wir wieder Sehnsucht nach solchen „richtigen" blühenden Sommertagen.

Dieses Wetter macht mich nachdenklich, ob sich hier etwas Tieferes für uns verbirgt. Sicherlich zunächst die Tatsache, dass gute Zeiten, auch im übertragenen Sinne, oft nicht sehr lang anhalten. Wir denken an die sieben guten Jahre in Ägypten und dann die sieben schlechten. Wir sollen vorbereitet sein auf eine Zukunft, welche vielleicht nicht so rosig aussehen wird.

Dazu denke ich an Menschen, welche allzu leicht ein „Hoch" erleben, schnell „happy" werden, aber dann genauso schnell in ein Tief verfallen. So erzählte mir ein Pastor über solch eine Gemeinde: „Am Sonntag waren wir alle aufgeputscht, in eine hohe Stimmung versetzt, aber am Montag waren viele von uns der Depression nahe."

Was sollen wir aus solchen „Zeichen" lernen? Zuerst, glaube ich, dass wir mit vollem Recht die Freuden in dieser Welt auskosten dürfen und sollen. Schließlich gibt es auch einen etwas zu kurz kommenden ersten Glaubensartikel. Die Schöpfung wie die Erlösung gehören unserem Herrn und wir leben hier auf Erden. Ich schäme mich nicht, ein glücklicher Mensch hier auf Erden zu sein. Ich liebe meine Frau, ich liebe die Natur, ich habe viele gute Freunde, ich esse gerne, gehe sehr gerne in klassische Konzerte, in Kunstgalerien, ins Theater.

Aber auch wenn ich diese guten Zeiten richtig auskoste, versuche ich immer tiefer, bewusster wahrzunehmen, dass diese Welt in jedem Sinne des Wortes begrenzt ist. Die schlechten Zeiten kommen genauso wie die guten: Krankheit, Verlust, Angst, Not, Tod, auch die Ungerechtigkeit dieser Welt, welche auch in jedem von uns selbst steckt.

Ich bereite mich vor auf diese „schlechte Zeiten", auch mitten im guten „Wetter". Ich erkenne und bekenne meine tägliche Selbstsucht, ich richte meine Augen und Sinne auf Christus, meinen Erlöser, ich mache mir oder es wird mir immer wieder bewusst gemacht, dass diese Welt, dass auch meine Welt im tieferen Sinne wirklich nicht in Ordnung ist. Ich hege eine große Sehnsucht nach einer besseren Welt und auch einem besseren Ich. Man lebt, wie Paulus uns sagt, auch, als ob man nicht hätte.

Ja, jetzt, nach einem nicht sehr langen blühenden Sommer, sind die ersten Gewitter in der Nacht gekommen. Der Regen plätschert auf unser Dach und macht mir nochmals bewusst, dass das gute Wetter hier auf Erden nicht ewig halten wird.

Kinder lieben/kindlich sein

Warum ist es so, dass bestimmte Menschen einen besonderen Zugang zu Kindern haben, manche nur zu bestimmten Kindern und noch anderen fehlt eine solche Beziehung überhaupt?

Mein Lieblingsonkel Phil konnte, als ich sehr jung war, die Laute von fast allen Tieren außer Fisch nachahmen. Das hat mich fasziniert. Aber Onkel Phil war ein sehr oberflächlicher Mensch, und mit der Zeit verlor er meine wohlwollende Aufmerksamkeit und Bewunderung.

Tante Nicki hat eine total hingebende Art Kindern und vor allem Teenagern gegenüber, aber je mehr meine Persönlichkeit sich vertiefte, desto oberflächlicher erschien mir ihre Art. Ja, sie war letzten Endes kindlich geblieben, aber sie strahlte Liebe aus, die echt war.

Anderseits sind Menschen ohne richtigen Zugang zu Kindern oft von innerer Unruhe durchdrungen, auch im Geist, von kindischer Unordnung und Lärm. Solche Menschen sind kleinlich gesinnt und wollen Ordnung und Ruhe und es fehlt ihnen selbst oft an Ursprünglichkeit. Ihre Kindlichkeit haben sie total abgestreift.

Hat nicht Jesus seine Jünger fast als seine Kinder betrachtet? Auf der einen Seite versucht er sie zu erziehen zu einem tiefen Verständnis seiner Botschaft und seines Auftrags. Auf der anderen Seite aber, kommen sie uns in ihrem Missverständnis und Versagen ihm gegenüber fast kindlich, hilflos vor. Er ist der wahre Vater und wir bleiben seine Kinder. Etwas ist auch liebenswürdig, allzu menschlich an diesem Versagen und Missverständnis seiner Jünger. Sie erwecken unser Mitgefühl, vielleicht weil wir selbst im Innersten so sind.

Eine echte Liebe zu Kindern ist eine Art, das Kind in uns selbst wieder zu entdecken. Das Ursprüngliche, Echte, Unverfälschte – so wie Kinder sind. Liegt nicht hier eine Sehnsucht, dass wir zurückkehren möchten zu der Zeit, als wir die Welt wirklich wundersam erlebten, als unsere Augen und Sinne noch viel größer waren, als sie geworden sind?

Und wenn wir älter werden, entdecken wir unsere Kindheit neu, manchmal durch unsere Enkelkinder. Ist das vielleicht auch ein Blick in die Zukunft, wenn unser ganzes Leben im letzten Gericht durchleuchtet wird?

Bestandsaufnahme 20. 4. 2002

Draußen eine Stille, Nebel, Felderferne. Hier drinnen umschleiern feine, weiße Vorhänge unbestimmte Empfindungen.

Eine Familie mit drei kleinen Kindern versuchte Unschuld zu leben. Eine verlorene Welt wiederherzustellen, innere Ordnung, Geborgenheit.

Können wir uns gegen uns selbst schützen? Die Mauern des Gesetzes sind gefallen. Das Wohlwollen zertreten. Die Welt lauert wie ein wildes Tier, irgendwo draußen, weiter draußen als die Felderferne.

Warten auf Errettung, nicht hier, sondern wo ein Ort, welcher Himmel genannt wird, für uns bereitet ist.

Seeing is Believing

„Seeing is believing" – ein englisches Sprichwort, welches bedeutet: Das, was man sieht, kann man glauben. Diese sehr materialistische Aussage spiegelt, bewusst oder unbewusst, die Aussage des zweifelnden Thomas wider, der den gekreuzigten und auferstandenen Christus zu sehen und auch seine Kreuzeswunden zu berühren verlangte.

Aber John Nash, Nobelpreisträger und Held von „A Beautiful Mind", sieht, was es nicht gibt. Er ist schizophren und hat Halluzinationen. Was er sieht, ist im Sinne dieses Sprichworts „Seeing ist believing" absolut glaubwürdig. Diese Gestalten sind nicht nur sichtbar, sondern reden auch mit ihm. Er kommt sogar in ausführliche Dialoge mit ihnen und sie nehmen immer die gleiche Form (Gestalt) an. Aber Nash sagt, indem er seine Krankheit in Schach hält, sogar genau das Gegenteil vom zweifelnden Thomas: „Euch gibt es nicht."

Und sagte Jesus nicht in Bezug zu Thomas: „Selig sind, die nicht sehen und doch glauben"? Und gibt es nicht mehrere Stellen in der Bibel, welche über die Unsichtbarkeit Gottes reden?

Moderne Naturwissenschaftler wissen auch, dass das, was wir sehen, anders gesehen sogar „wahrhaftiger" gesehen werden kann. Zum Beispiel sind Gegenstände, die uns fest geformt erscheinen, in Wirklichkeit – in dieser „Wirklichkeit" – kleine unsichtbare

Substanzen, von Raum umhüllt. So ist die Materie überhaupt.

Ja, wie Jesus in einem noch tieferen Sinn uns sagte: „Wir haben Augen, aber wir sehen nicht."

Kompetenzen

Es gab Bereiche, in denen er sich sehr gut auskannte, und andere, von denen er wenig Ahnung hatte. Heutzutage ist die Welt so kompliziert, dass niemand alles wissen kann, und sogar in wissenschaftlichen Bereichen sind die allermeisten sehr spezialisiert. Die Ehe selbst ist in gewisser Weise unterteilt in Kompetenzbereiche. Die Kenntnisse und Fähigkeiten des einen ergänzen und werden ergänzt durch die des anderen.

Solche guten Ehen können aber manche großen Probleme in sich bergen. Mein Onkel Julius, zum Beispiel, war Spezialist in der Ehe für alles, was Geld, Finanzen, Mathematik anbelangt. Nun bekam er mit 72 Jahren einen Gehirnschlag, welcher sehr unbarmherzig gerade den Teil seines Gehirns traf, welcher auf diesen Bereich spezialisiert war. Seine arme Frau musste dann im hohen Alter alles Mögliche lernen, und zwar in wichtigen Bereichen, von denen sie überhaupt keine Ahnung hatte.

Er war jemand, der sehr bereit war, sich der Meinung seiner Frau anzuschließen über Dinge, welche ihn gar nicht interessierten und wo er deswegen keine eigene Meinung besaß. So eine Einstellung kann aber gefährlich sein. Bei Diskussionen innerhalb einer Familie kann man sich in einer Lage befinden, in der man verteidigen muss, was man gar nicht versteht, und wenn man im Lauf der Zeit besser versteht, muss man eine ganz andere Meinung vertreten als die seiner

Frau. Aber wer besitzt schon Sachkompetenz in allen Bereichen? Und eine gute Ehe bedeutet auch Vertrauen zu dem Ehegatten.

Mit der Zeit merkte er, dass er öfters nicht die Meinungen von anderen annehmen konnte, Menschen, welche er sehr schätzte, in Bereichen, wo er glaubte, dass diese Menschen in seinem Sinne zuverlässig waren.

Aber dann kam ein entscheidender Schlag für ihn. Weil er immer wieder seine Meinung, seine Empfindungen und Wahrnehmung von Dingen, welche ihm sehr wichtig waren, überprüfte, nacherlebte, merkte er, dass manches, was er so heftig behauptet hatte, jetzt nicht mehr dem entsprach, wie er die Dinge jetzt erlebte. Er war sogar für sich selbst nicht mehr ein zuverlässiger Ratgeber. Einmal behauptete er, voller Selbstkompetenz, dass ein Musikstück im Radio von seinem Lieblingskomponisten war, in seiner Einmaligkeit, und war entsetzt, dass das nicht der Fall war.

Wem können wir vertrauen, welcher Meinung, welcher Person? Wer hat Kompetenz für uns, wenn wir das ehrlicherweise nicht einmal immer für uns selbst in Anspruch nehmen können?

Die Möwe

In Südwestflorida gibt es ein sehr ausgeprägtes exotisches Vogelleben. Pelikane mit ihrem so poetischen Gleitflug und ihrem leider an den Krieg erinnernden Tiefflug zum Fischfang sind häufig zu beobachten. Andere Vögel, für die meisten nur in Bestimmungsbüchern oder in schönen Bildbänden zu betrachten, sind auch vertreten, vor allem in den zahlreichen Naturparks: der Silberreiher, der Strandläufer, ein großer Individualist und deswegen mein Lieblingsvogel, der Fischadler, der Ibis, der Löffelreiher und viele andere. Gewöhnlich aber sind die Möwen. Die sieht man hier überall und nicht nur in Südwestflorida. Oft werden sie deswegen wie Spatzen nicht besonders geschätzt, sogar als selbstverständlich genommen. Ist so eine Einstellung richtig, gar christlich?

Ich habe von meinem guten Freund Robert gelernt, dass die Wunder der Schöpfung nicht vor allem im Ungewöhnlichen wahrzunehmen sind, sondern im Alltäglichen. Wie der große englische Romantiker Wordsworth ist ein Grashalm genauso ein Wunderwerk Gottes wie ein Walfisch. Wenn Walfische alltäglich wären und Grashalme selten, dann würde sicherlich unsere Betrachtungsweise sich ändern, unser Werturteil. Ist nicht für Jesus jeder einfache Mensch genauso wichtig wie die Mächtigen oder Stars hier auf Erden?

Wer die Möwe, und es gibt viele verschiedene Arten,

genau beobachtet, entdeckt etwas Nützliches und auch Poetisches. Nützlich ist die Beobachtung, dass diese Vögel wie manche Menschen ganz gemein sein können. Sie stehlen gerne voneinander. Sogar beschatten sie den Pelikan während seines Fluges in der Hoffnung, etwas von seinem Fang zu erwischen – ein Zeichen für falsches Benehmen.

Aber wie poetisch ist es zu sehen, wie graziös die Möwen ihre Flügel ausbreiten im Wind und so feinfühlig mitgleiten. Reine Poesie gestalten dann diese so gewöhnlichen, so „gemeinen“ Möwen.

Ein Regentag wie viele andere

Ein Regentag wie viele andere, jetzt im April. Aber dieser Regen ist leicht, erleichtert durch den Geruch von Blumen und die Zierde der Blüten.

Tage haben ihre eigene Gewichtung. Sie bestimmen unseren Schritt – jetzt etwas dumpf, aber trotzdem ein bisschen beschwingt. Der Tag ohne Sonne, aber trotzdem innerlich erhellt durch Reflexionen wie passende, nicht zu tief geformte Wolken.

Ein Regentag wie viele andere, aber sozusagen einmalig, unverkennbar.

Kinderzimmer

Ungewöhnlich, Drillinge, drei Jahre alt. Jeder so total anders. Aber alle drei blicken mich an, als ob ich etwas Erstaunliches, Neues bin. Meine Einmaligkeit entdecken sie durch ihre eigene.

Ihr Zimmer farbig, eine Welt innerhalb einer Welt, denn draußen ist es trüb und sonst im Haus an diesem späteren Nachmittag bringt uns die Dunkelheit ihre ausgedehnte Botschaft wie die Aprilwolken am Himmel.

Ihr Zimmer voll von Stofftieren, Autos, Hüpfbällen ... Diese Bilder werden ihre Wahrnehmungen prägen, vielleicht sogar ihre Träume Jahre hindurch – die Faszination von Farben, die unbekannten Tiere, jetzt fast lebendig nahe.

Eines Tages aber wird dieses Zimmer anders werden. Die Drillinge werden mit ihren Partnern zurückkehren und dieses Zimmer wird so verwandelt sein wie sie selber, jetzt eingegliedert in das, was die Wohnung als Ganzes zu sagen hat.

Die erwachsenen Kinder werden zurückkommen, aber irgendwie wird dieses Zimmer nochmal zurückverwandelt für sie: voller Farbe, Tiere und einer unbekannten, abenteuerlichen Welt, welche immer noch Hoffnung in ihnen weckt.

Ghetto

Wenn die Welt sich nicht ändert, bleiben alte Wahrheiten alte Wahrheiten, weil sie alt sind, weil Vater und Mutter sie geglaubt haben und weitergegeben haben. Wenn die Welt so ist und diese Glaubenswelt ist und bleibt, was kann uns schaden, auch wenn die Welt draußen, die Heidenwelt immer neu tobt, immer andere Wahrheiten verkündigt? Und an Stelle dessen, was sie früher geglaubt haben, bringen sie neue (weil ihre alten Wahrheiten den Änderungen in der Welt nicht standhalten konnten), genauso falsche.

Wir aber bleiben fest in unserem wahren Glauben, wie hinter einer Mauer geschützt, bis die ersten Zweifel auftauchen, bis man nicht mehr glaubt, was immer geglaubt wurde, weil dies immer so war.

Und hat nicht Jesus die Welt in Frage gestellt, die Welt überwunden, ihre Mauern, ihre Gesetze, ihr Festhalten an dem, was immer geglaubt wurde, sogar von Gott gegebene Wahrheiten? Und haben nicht seine Jünger den Mut gehabt, diese Welt, diese alte, geglaubte Welt, ihr Ende und ihren neuen Anfang in Christus zu verkündigen? „Welt ging verloren, Christ ist geboren."

Welche Welt, ihre oder auch unsere? Oder brauchen wir diese Ghettos jetzt gegen die letzten Drangsale der Endzeit, bis unser Herr uns zu ihm heraushol aus der letzten Bedrängnis, welche uns bevorsteht?

Wintergarten

Weder im Haus gefestigt noch schwebend in der freien Luft, irgendwie etwas von den beiden. Licht empfindend, aber Raum gestaltend. Ein Zwischenbereich oder eine Übergangsstation, selbst bestimmend, aber von was, zu was?

Hier sitze ich, selbstvergnügt.

Der Mann, der Geschichten erzählte

Er konnte sich nicht mehr erinnern, wann alles angefangen hatte. Ein gutes Gedächtnis hatte er sowieso nicht, und vielleicht fing es deswegen so an.

Eines Tages schaute er aus seinem Fenster und etwas Neues erwachte in ihm. Zuerst wusste er nicht, was. Alles, was er sah, wurde irgendwie plastischer. Und so fing er an zu schreiben.

Er hatte schon in der Schule geschrieben, aber seine Aufsätze, so interessant sie ihm vorkamen, waren nicht so wie das jetzt. Sie wurden zu bestimmten Themen geschrieben, und auch wenn er meistens etwas dazu zu sagen hatte, kamen ihm diese Aufsätze schematisch vor, die sehr unvollkommene Grammatik gar nicht zu erwähnen. Er stand mit der Grammatik nicht auf Kriegsfuß, er ignorierte sie einfach. In diesem Sinne war er ein bisschen hochnäsig, und seine Lehrerin versuchte ihn zurück auf den Boden der Tatsachen, der grammatikalischen Tatsachen, zu holen.

Nein, jetzt war das alles anders. Er schrieb, weil er schreiben musste, ohne vorgegebene Themen, und er wusste am Anfang nicht einmal, wie sich das alles entwickeln würde. Es war, als ob seine Geschichten sich selbst schreiben würden, zwar nicht ganz unabhängig von ihm, aber trotzdem selbstbestimmt.

Diese Geschichten umfassten alles, was er war, dachte, fühlte, empfand, auch alle seine Erfahrungen.

Er erzählte, weil er viel zu sagen hatte. Oft prägten

Spannungen in ihm den Ursprung dieser Geschichten, auch Bilder, Menschen, Beobachtungen, aber weil selbstbestimmend, suchten diese Geschichten eine Art, sich selbst darzustellen.

Als er erzählte, fing er selbst an, sich zu erinnern, was vielleicht längst vergessen war. Vielleicht war dieses Schreiben dann eine Art, sich bewusster zu werden des zentralen Themas schlechthin, welches Caspar David Friedrich und Paul Gauguin zum Mittelpunkt ihrer Darstellungskunst machten: „Woher kommen wir; wer sind wir; wohin gehen wir.“

Vom Regen geformt

Es war, als ob die Blumen vom Regen erweckt würden, sich ihrer empfangenen Farben plötzlich bewusst würden.

Sie formten sich zu dem, was vorgegeben war, fanden ihr Wesen so, wie sie waren, und nahmen es mit Freuden und mit einem gewissen Selbstbewusstsein ein.

Ist das ein mögliches Gleichnis für unsere eigene Identität?

Der Mann, der mit sich selbst redete

Oft sind wir beim Einschlafen in inneren Gesprächen mit uns selbst, durch Bilder, durch Gedanken, durch Empfindungen, welche sich aneinander reihen, bis wir im Schlaf sind, vielleicht als eine Fortsetzung von bestimmten Erlebnissen.

Ihm ging es so: Unterwegs beim Spazierengehen dachte er nach. Die Gedanken vertieften sich in ihm manchmal, bis sie bildhaft wurden. Aber eines Tages, er konnte sich nicht mehr genau erinnern, wann, als ob das alles ein Prozess sei, nicht etwas Bestimmtes, Bestimmendes, fing er an, laut mit sich selber zu reden. Er erschrak zuerst. Was würden die anderen darüber denken? Ihn vielleicht für verrückt halten – so etwas tat man nicht; aber er befand sich allein auf der Straße und fand ein seltsames Vergnügen daran, so mit sich selbst zu reden, wie bei den Gedanken und Bildern vor dem Einschlafen.

Vielleicht redete er mit sich selber, weil er einsam war. Seine Frau war tot, und auch wenn er manche Freunde hatte, suchte er die Einsamkeit, das Alleinsein. Vielleicht kam er in Selbstgespräche, weil er neugierig war, was er darauf antworten würde, genau wie er seine Träume sehr sorgfältig anschaute, über sie nachdachte.

Waren denn diese Selbstgespräche wirklich etwas so Ungewöhnliches? Nachdenkliche Menschen denken bekannterweise nach. Nur hier geschah das alles laut, aber letzten Endes innig, nicht zu laut.

Und vielleicht war dieses Lautsprechen eine Art, diesen Dialog mit sich selbst konkret zu machen, wie Menschen, die gerne Bücher schreiben, dass ihre Gedanken festgehalten werden, nicht nur flüchtig vorübergehen.

Diese verschiedenen Gründe flossen ineinander wie vor dem Einschlafen: Gedanken, Bilder, ja auch Wörter, welche vielleicht dann in Träumen weitergeführt werden.

Die alte Uhr

Die alte Uhr hat aufgehört, die richtige Zeit anzuzeigen. Sie ist stehengeblieben, als ob nichts Neues stattfinden könnte.

Ich sah mich in diesem Zimmer um: alte Bücher, alte, altmodische Regale, ein bisschen unentdeckter Staub hier und da, fast versteckt von einem neuen Glanz der Dinge. Die Teppiche etwas gealtert seit ihren besten Tagen und die Sprache, welche hier gesprochen wird, hat sich anscheinend auch nicht geändert seit Generationen.

Ich schaute die alte Uhr nochmals an, fast nickend, zustimmend zu ihrer zeitlichen Abstinenz.

Ulmer Münster

Gerade erstreckt sich dieser höchste Turm zum Himmel hinauf. Aber unsere Wege sind nicht gerade, sondern voller Umwege – Irrungen, Wirrungen, um es mit dem Titel von Fontanes berühmter Erzählung zu sagen, oder wie van Gogh eine alte Frau malte, die um eine Kirche ging, die sich auch nicht ganz so gerade präsentierte. Oder soll es so verstanden werden, dass der Herr unsere Wege zurechtbiegen wird, wie er Paulus zur geraden Straße führte?

Ja, diese Höhe, ein Streben nach dem Herrn in seiner Hoheit oder wie das Opfer im Alten Testament als ein Hinweis auf seine unbegrenzte Höhe über uns, bis in die Transzendenz hinauf?

Am beeindruckendsten sind die Chorstühle, expressive, formbewusste und individualisierende Darstellungen. Aber keiner dieser Gestalten war ein Engel. Heiden waren sie allesamt. Warum nicht Juden, z. B.? – Ja, die waren damals im kirchlichen Sinne verflucht. Diese Heiden als eine Vorstellung, dass das Christliche vorgedeutet war in manchen edlen heidnischen Personen – und die Juden?

Ästhetisch befriedigt, theologisch beunruhigt, verließ ich dieses bedeutende Münster, welches hochragt über eine heidnisch gewordene Stadt an einem strahlenden Maitag.

Die alten Häuser

Die alten Häuser hier haben ihre eigene, besondere Qualität. Man spürt sie sogar, bevor sie gesehen werden. Die Gärten, die sie umgeben, sind schattiger, altmodischer, sehnsüchtiger – wonach, weiß ich wirklich nicht.

Und die Häuser selbst: manchmal sogar komisch mit schiefen Dächern oder mit Holz verkleidet in einem Märchensinn dessen, was „Zuhause" sein könnte. Diese Häuser haben ihre eigene Qualität, welche vielleicht noch aus ihrer „Geburtszeit" stammen. Etwas Niedliches wird hier angesprochen, ohne wirklich künstlich zu wirken. Nur die besten, schönsten, neuesten Häuser sind so mit Holz verkleidet, aber ganz anders: glänzend, geformt, wohlbedacht, einer anderen Wohlstandszeit angehörend.

Ich habe immer geglaubt, dass auch der Baustil einer Zeit etwas von ihrem Geist beinhaltet, und ich glaube das immer noch, aber was soll ich zu diesen niedlichen, eigentümlichen, altmodisch wirkenden Häusern sagen, welche anscheinend aus einer besseren Zeit stammen? Und diese Häuser wurden mitten im Dritten Reich gebaut!

Mondschein/Ebbe und Flut

Er wusste es zuerst nicht. Sein Leben begann besser als die meisten, in einem behüteten bürgerlichen Zuhause.

Er wusste es nicht, bis er vielleicht 13 war, dass diese Welt in Unordnung geraten war und noch tiefer, seine eigene. Alles Mögliche überschattete ihn in seinen Teenage-Jahren, vor allem Gefühle und Gedanken, welche er nicht richtig zusammenbringen konnte.

Am meisten beunruhigte ihn er selbst. Wer war er denn eigentlich? – Ein Wechselbad von Empfindungen, Wahrnehmungen, welche über ihn hereinbrachen und wieder vergingen. Konturen gab es selten, auch wenige wirkliche Anhaltspunkte. Er war wie ein Schiff dem Meer ausgesetzt, der Ebbe und Flut, seinen eigenen Empfindungen.

Aber eines Tages merkte er, dass hinter dieser Ebbe und Flut etwas über ihm stand wie Licht, und diese Schwankungen in sich selber waren wie Lichtschatten. Dieses Licht empfing er zuerst als eine Liebe, welche ihn zutiefst innerlich beruhigte, trotz ihrer Leidenschaft. Hier war Stille, ein Neu-Angenommenwerden, dass er sich selber wieder annehmen konnte.

Aber hinter diesem umfangenden Licht der Liebe gab es etwas, das weiter, tiefer war. Das wusste er, aber er konnte es nicht fassen, bis er eines Tages erkannte, dass dahinter verborgen der lebendige Gott stand.

Jaffin beim Psychoanalytiker

Psychoanalytiker: Kann ich Ihnen behilflich sein? Was ist Ihr Problem?

Jaffin: Ja, das ist ja gerade mein Problem, dass ich keine Probleme habe. Ich bin ein durchaus glücklicher Mensch, und wenn ich sehe, wie unglücklich die meisten Menschen sind, wie viele Probleme sie haben, merke ich, dass ich anders bin. Ja, das ist nicht normal, glücklich zu sein, ohne Probleme. Deswegen bin ich zu Ihnen gekommen, weil ich gehört habe, dass Sie begabt sind auf diesem Gebiet, Probleme zu finden.

Psych.: Bitte legen Sie sich auf meine Couch. Ich werde versuchen, behilflich zu sein. Machen Sie es sich ganz bequem und sagen Sie mir einfach spontan, an was Sie denken.

Jaffin: Es ist Sommerzeit. Ich denke an mein Lieblingseis, Schokolade mit heißer Schokoladensauce und vielleicht, ja, ein paar Nüssen darauf.

Psych.: Denken Sie öfters an dieses Eis, diese Sauce und Ihren Wunsch, das alles zu verzehren?

Jaffin: Ja, vor allem in der Sommerzeit.

Psych.: Und wie ist es im Winter?

Jaffin: Ja, ich bin Dichter.

Psychoanalytiker (in Gedanken): Dichter, er ist bestimmt Neurotiker und täuscht sich selber mit seinem problemlosen Dasein. Und dieses Psychoeis (ich meine Schokoeis), er ist bestimmt in der Oralphase steckengeblieben. Dichtung spricht dieselbe Sprache und diese Sauce dazu.

Psych.: Ich habe nicht so gut verstanden, bitte wiederholen Sie.

Jaffin: Im Winter stelle ich mir das vor: Kalt, verschneit, Eiszapfen hängen tief.

Psych. (zu sich selbst): Er sehnt sich zurück zum Mutterleib, diese warme Stube und diese wiederholenden Oralfixierungen.

Jaffin: Wenn Sie so schweigen, bekomme ich Angst, dass ich glaube, jetzt habe ich endlich ein Problem.
Jaffin (zu sich selbst): Jetzt, Gott sei Dank, jetzt habe ich ein Problem wie andere Menschen. Jetzt bin ich endlich normal.

Hören auf die Stille

Ich höre auf die Stille. Sie entfaltet Räume in mir selbst, ausdehnend, durch Klarheit bestimmt, eine Intensivierung des Bewusstseins.

Schatten nehmen jetzt Gestalt an. Der Mond ist plastischer geworden. Die Beschaffenheit der Dinge wird jetzt wie neu, das erste Mal wahrgenommen.

Meine Augen sprechen jetzt Gedanken, welche sich zu Worten formen, wie Wellen gebahnt durch ihr singendes Ziel.

Sterne reihen sich zu Welten bestimmenden Lichtes auf, genau punktiert. Ein Vogel färbt mit seiner Stimme den offenen Raum.

Ich höre in der Stille. Vielleicht kommt das Schöpfungswort näher.

Ich träume von einer weißen Weihnacht

Das Lied „I'm dreaming of a white Christmas" war ein großer Schlager in meiner Kindheit in Amerika und ist jetzt zu einer Art von amerikanischem „Klassiker" geworden. Warum?

Zwar wurde das Lied gesungen von Frank Sinatras einziger echter Konkurrenz, Bing Crosby, der mehr die Tränendrüse angesprochen hat als Sinatra, und das gehört zur amerikanischen Kultur, diese Art von Sentimentalität als Gegenpol und zugleich Ergänzung zum rauen Geschäftsklima, welches da herrscht.

Aber etwas mehr und viel Tieferes steckt hinter diesem Bedürfnis nach Sentimentalität. Auch hier in Deutschland hegt man eine Sehnsucht nach einer weißen Weihnacht. Denn weiß ist die Farbe der Reinheit, und Jesus, unsere Reinheit ist in diese, meine Welt hineingekommen, um mich mit seinem weißen Kleid der Gerechtigkeit zu überdecken. Dazu stellen wir fest, dass diese Landschaft im Frühwinter, kahl, entblößt ist, wie es auch uns gehen sollte – Bußetun, bevor unser Heil zu uns kommt.

Wer Stimmungen, innere Wirklichkeiten etwas bewusster wahrnimmt, weiß, dass eine gewissen Spannung in uns entsteht, bevor der erste Schnee kommt, eine Spannung in Erwartung, wie wir sie alle in den Adventstagen spüren.

Merkwürdig aber ist, dass im vielleicht bedeutungsvollsten Werk der amerikanischen Literatur, Melvilles „Moby Dick“, in seinem zentralen Abschnitt „Die Weißheit des Wals“ Melville eine weiße Landschaft als etwas Erschreckendes sieht, ohne Orientierung, etwas Primitives, Böses, wie dieser weiße Wal. Ich bin aber überzeugt, dass Melville die Orientierungslosigkeit des unendlichen Meeres, welche er als Matrose jahrelang erlebt hat, auf die unendliche Weiße übertragen hat, welche für ihn das Erschreckende ist und bleibt. Meint er vielleicht, ohne zu wissen und zu wollen, die Orientierungslosigkeit eines Lebens und Todes ohne Christus?

Jetzt ist es Spätwinter und das Land ist ganz weiß bedeckt, wie es eher im Februar zu finden ist als in der Weihnachtszeit. Trotz dieses Unterschieds im Kalender, denke ich, schreibe ich über die weiße Weihnacht.

Schirme

Die hellen Farben wollen das Wetter umstimmen.

Wenn der Herr unser Schutz und Schirm ist,
warum diese Schirme?

Was man immer wieder vergisst, wenn die
Sonne wieder scheint.

Eine Art, den Himmel auszuprobieren.

Fliegen in Träumen, engelhafte Versuche.

„Ich glaube, hilf meinem Unglauben“

Wir meinten, Gottes Wort zu predigen ist eine Art, Wahrheiten einzuprägen in unsere eigene Person, wie Marmor so zu gestalten, was sie eigentlich sagen wollten.

Ja, wir meinten, aber er ist bestimmend und nicht wir, und das ist das Problem unseres Glaubens, welcher nicht unserer ist, sondern von ihm kommt.

Ich habe mich selber ertappt. Ich sagte zu meiner Frau, die ich sehr liebe: „Was wird aus mir werden, wenn du nicht mehr da bist?“ Sie antwortete: „Du hast deine Beziehung zu Gott, er ist die Liebe selbst.“ (Wörter, welche von mir selbst hätten kommen können.) Aber ich antwortete spontan: „Du bist nahe, Gott aber ist ferne.“

„Ich glaube, hilf meinem Unglauben.“ Deswegen wollte der Herr Symbole seiner Gegenwart bei uns haben, auch wenn er selber in der Dunkelheit des Tempels wohnte. Und diese Zeichen waren an der Tür zum Haus, in den Gebetsriemen, auch im täglichen Gebet.

Vielleicht ist unser lutherischer Glaube zu abstrakt, um diesen Gott immer wieder neu zu vergegenwärtigen. Worttheologie, solange diese Worte immer wieder neu erlebt, gedacht, belebt werden.

Aber bei manchen von uns werden diese Worte fast als selbstverständlich wahrgenommen, wie ein Gottesbild von einer alten, uralten bärtigen Vatergestalt.

Aber der Herr ist immer am Wirken, der seiende-wirkende Gott. Worttheologie nur, wenn diese neu und lebendig in seinem Sinne verkündigen. „Singet dem Herrn ein neues Lied“, dass er nicht so weit, so ferne von unserem Wesen, von unserem Herzen bleibt.

Hinterland

Hinter was wird man fragen. Aber dieses „hinter" bedeutet etwas ganz anderes, nämlich rings herum eingeschlossen von Hügeln, die fast schützend wirken, als ob hier eine Art von Welt innerhalb der Welt zu finden sei.

Die Häuser wirken wie in die Landschaft gestreut. Es ist Spätwinter, kalt/klar und der Schnee aufgetürmt hier und da, zum Teil weggeschmolzen durch den kräftigen Puls der Sonne. Alles wirkt wie eingeordnet wegen der Hügel, welche ringsherum die Wache halten.

Hier könnte man wohl eine geborgene Kindheit erleben. Hier gibt es auch feine, kleine Kirchen überall verstreut und Christenmenschen als überlebende Erinnerung an eine Zeit, in der der Herr und die Seinen eingefügt war wie diese Häuser in eine höhere, umfassende Ordnung.

Und hier traf ich einen Mann, der mich besonders interessiert hat, weil er in seiner Gewohnheit so ganz und gar anders war. Ein Mann als Ruhepol der Familie? Ein Mann, der Zufriedenheit ausstrahlte, ohne Selbstgefälligkeit. Ein Mann, bei dem Arbeit, Frau und Familie und vor allem sein umfassender Glaube als Mittelpunkt ihren festen Platz in seinem Leben hatte.

Ja, eingefügt in eine höhere Ordnung in einem Hinterland, welches immer noch in einer alten und von

Gott gegebenen Ordnung lebt. Liegt dann hinter diesem Hinterland eine Wahrheit, welche gut für uns zu hinterfragen wäre?

Bin ich gemeint?

Kann ich diese Vogelstimme richtig hören, wenn mein Blut erregt ist, tief gefärbt ist mit Sorgen um mein Volk? Auch die vom Regen verblassten Blumen weigern sich jetzt, zu Wort zu kommen. Sie bleiben verhalten, fast unbestimmt.

Ein Riss geht durch meine Person: so glücklich in der Ehe, in meinem biblischen und dichterischen Auftrag, aber das alles verdunkelt durch die Lage von Israel und einer Welt, welche immer mehr geneigt ist, einzustimmen in das uralte Lied: „Die Juden sind unser Unglück."

Gestern sah ich Filme über Bonhoeffer und Paul Schneider. Bin ich auch gemeint?

Die Katze

Ein Jäger in der Nacht – glänzende Augen.

Zusammengerollt nur weiches Fell.

Voller vergessener Geheimnisse, unstetig
liebesbedürftig.

Löwenartige Instinkte, fast, aber nicht
ganz domestiziert.

Voller Widersprüche, wie wir Menschen
auch.

Gesichtslos

Merkwürdig, dass August Macke, das große Talent vor dem Ersten Weltkrieg, in dem er mit 28 Jahren starb, seine besten Bilder zuerst, wie Dürer vor ihm, in der Gattung Porträtmalerei schuf. Macke malte wirklich erstklassige Porträts mit 21/22 Jahren. Er war sehr von der französischen Malerei beeinflusst, natürlich auch von Klee, mit dem er 1913 nach Tunis reiste, und er fiel gleich am Anfang des Ersten Weltkriegs.

Als wir in der Macke-Ausstellung in Tübingen seine Bilder und Skizzen betrachteten, war es auffallend, dass in seiner „reifen" Zeit 1913/14, in der er wirklich sehr feine, harmonische Bilder schuf, auch vielschichtig, glänzend in ihrer Farbgebung, die Menschen, welche dargestellt waren, fast ausnahmslos gesichtslos waren. Die Form ihrer Person, auch ihrer Gesichter war wohl zu erkennen, aber die Gesichter waren leer, ohne richtige Züge – warum?

Ich sehe mehrere mögliche Antworten. Zuerst war er vor allem an Formen, Gestalten interessiert, und die Personen, die er gestaltete, waren gerade das, Formen, nicht wirklich persönliche Menschen. Der Mensch als Teil seiner Umgebung wie die Vögel, Bäume, Städte, Geschäfte.

Auch hier könnte man vielleicht behaupten, dass Macke meinte, diese Zusammenhänge haben allgemeine Gültigkeit für uns alle, nicht nur für die gesichtslosen Menschen, die dargestellt waren.

Es gibt vielleicht noch eine andere Auslegungsmöglichkeit. Der Erste Weltkrieg, der direkt bevorstand, hat die Individualität der Menschen, ihre persönliche Identität, zerstört. Ein Krieg ohne Bewegung, die Soldaten schießen eingegraben gegen nicht bestimmbare, gesichtslose Gegner.

Hat August Macke vielleicht eine Art künstlerischer Vorahnung dieser Geschichte, die Enthumanisierung des modernen Menschen ohne wahre, sichtbare Identität, wie Franz Kafka 1912 in seiner „Verwandlung" den Identitätsverlust des modernen Menschen darstellte?

Begegnung?

Seine Probleme sah ich sofort, als er mir gegenüber in der Bahn saß. Seine Augen waren unruhig, als ob sie nicht geradeaus sehen könnten, sondern vor allem zur Seite, aber unbestimmt, nicht bestimmend. Sein Haar war ganz schwarz, zurückgekämmt, glänzend für Frauenfang, dachte ich. Er war vielleicht 19, mit einer Jacke offen zu einem Tageslicht, welches er sicherlich nicht bewusst empfing.

Er machte zugleich einen ruhelosen und selbstzufriedenen Eindruck. Auch als er saß, spürte ich eine innere Bewegung, welche nicht zur Ruhe kam. Er benahm sich, als ob er zur Schau gestellt wäre, natürlich für ein bestimmtes Publikum, aber als ob das, was er von sich selbst zeigte, nur ein Täuschungsmanöver wäre, vielleicht auch sich selbst täuschend.

Ich schaute ihn mit durchdringenden Augen an. Zwei Stationen weiter stieg er fast schleichend, aber schnell, katzenhaft aus.

Melitta

Sie hat eine Art, Menschen in ihren Besitz zu nehmen, festzuhalten durch ihre tiefsinnigen Beobachtungen. Ja, sie durchbohrte diese Menschen, ließ sie schal und leer, innerlich ausgeraubt zurück.

Sie hat eine große Sammlung von Gemälden, manche fast Meisterwerke unter ihnen, aber ich glaube, dass diese Bilder sie nicht bis in ihr Innerstes durchdringen konnten. Sie malte flach, oberflächlich als eine Art Beweis dieser Tatsachen.

Ich bin überzeugt, dass sie oft gelogen hat, nicht weil sie es böse meinte, sondern als eine Art Selbstschutz ihrer inneren Überlegenheit. Ihre Ehe – ihren Mann habe ich nie getroffen – endete durch seinen Selbstmord. Hat sie ihn auch geistig erwürgt?

Melitta war ein Produkt und auch eine Reaktion gegen Psychoanalysmus. Sie stammte aus dem inneren Kern ihrer Umtriebe. Gerade das hat sie immun gemacht gegen zu viel sensibilisieren. Sie war wie ein Hesekiel. Bewaffnet mit Härte, Selbstschutz, aber auch mit Lüge, um ihre Ziele zu erreichen. Aber ich danke dieser so schwierigen Melitta für Hilfe, welche ich brauchte in einer Krisenzeit meines Lebens.

Zuhause

Wo ich als Kind die Sterne zuerst empfing.

Das Niemandsland eines Teenagers
wie auf einem offenen Meer.

Die Liebe als ein Heimkommen zu mir selbst.

Eine Welt mehr, besser, anders als diese.

Neils Haus

Ich kann mir nicht mehr vorstellen, wie es in diesem Haus aussieht. Das letzte Mal, als ich darin saß, war vor über 50 Jahren, am Geburtstag meines Freundes Neil.

Ich habe Bilder davon gesehen. Neil hängt an diesem Haus wie eine Prinzessin an ihrem Schloss. Oft bin ich auf dem Weg zu meiner Schwester daran vorbeigefahren oder wenn ich mit Neil spazieren ging: An „seinem Haus“ mussten wir vorbeigehen. Das letzte Mal läuteten wir sogar, fanden aber keinen Einlass.

Dieses Haus ist wirklich wie ein Märchenschloss, grandios gebaut, ein bisschen abseits gelegen und fest gemauert. Es ist für Neil zu einem Symbol der Zeit geworden, als er und seine Familie in verführerischem Wohlstand lebten, bevor sein Vater, den er immer noch verehrt, in großem Stil Pleite machte.

Neils Haus ist für ihn wie das von Gatsby in Fitzgeralds Roman „The Great Gatsby“ zu einem amerikanischem Symbol von Wohlstand, Erhabenheit ohne Grenzen geworden, aber ohne Substanz und Gehalt, wie der Mythos von unbegrenztem Pionierland, welches Amerikas größte Dichterin, Willa Cather, darstellte.

Aber etwas ist auch hier falsch, künstlich, auch nichtssagend – eine Villa, welche für Neil ohne ihn immer leer bleiben wird, wie ein Volk, welches von Mythen, vor allem solchen, die unbegrenzt bleiben, lebt.

In der Stille

Hommage à Eichendorff

Gedämpfte Stille. Das Hineinhören in das, was
Schatten bringen wird.
Der Mond um neuen Sinn kreisend.
Gottes Wort den inneren Schein
reflektierend.
Den Atem in der Luft gehalten –
flüsternd.
Stille – aus der der Herr die Welt ge-
schaffen hat.

Der Fischadler

Der Fischadler ist relativ häufig in Südwestflorida zu beobachten, und zwar meistens auf seinem Nest, auf seinem Pfosten, hoch über dem Wasser. Dieser „Adler“ ist vielleicht nicht so beeindruckend wie der Seeadler, der die amerikanische Münze schön, aber ein bisschen bedrohlich schmückt.

Der Fischadler ist von vornherein konfrontiert mit einem Problem, das uns als Menschen ständig angeht. Wie viele solche Fischjäger ist er ausgestattet mit einem langen und beeindruckenden Schnabel, aber wenn seine Beute zu groß, zu gewichtig ist, wird er mit diesem Fang in die Tiefe sinken. Deswegen muss der Fischadler genau überlegen, was er fangen kann, auch wenn „seine Augen manchmal größer als sein Magen sind“, um ein englisches Sprichwort zu zitieren.

Was hat das mit uns Menschen zu tun? Viel, sehr viel. Viele von uns, und das ist Mode heutzutage, wollen abnehmen, aber unser Appetit ist wie der des Fischadlers oftmals größer als unsere Vernunft und wir versinken wie der Fischadler in der Tiefe der Übergewichtigkeit. Es gibt ein anderes englisches Sprichwort (so wichtig anscheinend ist dieses Thema, welches unseren Sachverhalt betrifft): „He bites off more than he can chew“ (Er beißt mehr ab, als er kauen kann). Dieses Thema hat auch eine historische Dimension. Die Deutschen wissen um die Gefahr eines

Zweifrontenkrieges, und wie viele Weltmächte sind an dieser Tatsache zugrunde gegangen.

Wenn wir unterwegs in Florida sind, auf das ruhige, schöne Wasser mit den Palmen im Hintergrund schauen, sehen wir oft diese domestizierten Vögel auf ihren Pfosten familienhaft sitzen, aber unsere Gedanken werden auf uns selbst und sogar auf die Weltgeschichte geleitet. Wer mehr haben will, als er verdauen kann, wird in der letzten Tiefe versinken.

Zwei Schöpfungsgedichte

Neu buchstabieren

Wir wollen die Sprache
neu buchstabieren
mit Worten dem
Flug eines Vogels gleich
Zwischentöne klingen weiter
Und das Meer empfindet
seinen letzten Strahl.
Wir wollen neu wissen
was wir immer wussten
ohne zu wissen warum ...
Der Mond gestaltet sich
formt sich und wird
wieder zum Tag.

Eine Kette von Licht

Wenn wir
eine Kette von Licht aneinanderreihen
wie fallende Sterne
Sage nichts, höre nur
wie die Nacht
zu unserem Wissen schweigt
vertiefendes Dunkel und
unser Atem wie zu ver-
lorenen Planeten steigt.

Oh, wenn dieser Raum nur
von Anfang an geschaffen
wurde und wir am
seltsamen Strand
Muscheln hörten.

Orientierungslos

In einem schönen, aber fremden Ort war er nach einer langen Flugzeugreise gelandet. Es war spät im Mai und dieser blühende Ort war eingerahmt von roten Backsteinhäusern in der Art ihrer Vorväter. Was wollten sie damit bezeugen? Er dachte an sein elterliches Zuhause in Amerika, auch aus rotem Backstein gebaut, und fühlte sich hier irgendwie heimisch.

Zwischen Vorträgen ging er ein bisschen spazieren, sehr vorsichtig, weil sein Orientierungssinn begrenzt ist. Deswegen sah er sich alles sehr genau an, jedes Merkmal, und machte kaum Abbiegungen von seinem erdachten Weg.

Aber mit der Zeit kamen Gedanken über ihn wie die ziehenden Wolken. Empfindungen nisteten sich schleichend ein, vielleicht durch die Blumen bestimmt, ihre vielfältige Pracht und ihrem Duft. Und als er zurückkehren wollte, fand er seinen Weg zuerst nicht.

Er war verführt worden von der poetischen Spätfrühlingslandschaft mit ihren Geheimnissen; so tief verzaubert, dass sein Orientierungssinn, zuerst so sorgfältig kompensiert, ihn jetzt verlassen hatte.

Er wanderte von Straße zu Straße. Er bekam Angst, denn er vergaß die genaue Adresse seines jetzigen Zuhauses. War diese Erfahrung gleichnishaft für unsere Zeit, seine Orientierungslosigkeit in den Irrungen und Wirrungen dieser endzeitlichen Welt? Aber er dachte innig zu sich selbst: „Der Herr ist mein Hirte ... Er führt mich auf rechter Straße.“

Der Einsame

Die Stadt kam ihm vor, als ob sie sprachlos wäre. Je höher die Gebäude emporragten, desto tiefer versanken seine Gedanken, bis sie verschwommen waren, dann bildlos wurden.

Die Sonne kam ihm vor wie eine leere Scheibe, als ob ihr Licht nur künstlich wäre.

Er hörte seine eigenen Schritte lauter, als ob sie sein Herz überstimmen könnten. Ja, und sie ließen Schatten hinter sich, sprachlose Schatten.

Er sah Vögel über seinen Kopf eine Stille fliegen, welche sich ausdehnte, soweit er empfinden konnte.

Seine Nächte kamen nicht zur Ruhe. Sie verfolgten ihn mit den Bildern vergangener Zeiten.

Die Kirche und der gute Hirte

Nach mehreren Versuchen fanden wir ein kirchliches Zuhause in Scarsdale, New York, meiner Heimat in einer kleinen, weißen, lutherischen Kirche an der Murray Hill Road.

Die Kirche selbst sprach uns sofort an: einfach, hell, ästhetisch fein gestaltet. Die lutherische Liturgie begann hier neuen Sinn und Bedeutung für mich zu gewinnen.

Und am allermeisten die Predigt. Der Pfarrer, seine Vorväter stammten aus Norddeutschland, war ein echter, tiefer lutherischer Geistlicher. Er predigte, was die Menschen hören sollten, und nicht, was sie hören wollten. Er schien für uns tiefsinnig, direkt und in großem Kontrast zu manchem Oberflächlichen in der amerikanischen Gesellschaft.

Wir fühlten uns sofort geistlich zu Hause hier, auch wenn wir nur ein- oder zweimal im Jahr in seinen Gottesdienst gehen konnten. Hier war ein geistliches Zuhause fern von zu Hause, aber auch in meiner alten Heimat.

Besonders einen Gottesdienst werde ich niemals vergessen, und das war, glaube ich, der allererste, den wir in dieser Murray Hill-Gemeinde mitfeierten. Seine Auslegung meines Tauftextes, ohne dass ich vorher wissen konnte, welcher Text diesen Sonntag an der Reihe war.

Er predigte mit tiefem lutherischen Ernst, zugleich

den verlorenen Menschen in uns entblößend, welcher in seinem Egoismus letzten Endes gegen uns selbst gerichtet ist. Und dann, in einer ergreifenden Art überdeckte er uns durch Christus mit dem Kleid der Gerechtigkeit, seinem Kreuz, seinem Blut. Ich war so betroffen in meiner Heimat mit meiner guten Frau zur Seite, dass ich leise zu weinen anfing.

Aber diese Gemeinde war schlecht besucht. Der gute Pfarrer meinte, wegen der Oberflächlichkeit des Materialismus in Amerika und besonders in diesem vornehmen Ort Scarsdale.

Nach dem Gottesdienst gab es Kaffee, aber der Pfarrer verschwand, nachdem er die Gemeinde persönlich mit einem Handschlag und vielleicht ein paar Worten verabschiedet hatte, in typisch amerikanischer Art.

Und dann zur Christvesper vor zwei Jahren waren nur 30 Besucher da. Ich war erschrocken. Was war los? Denn hier war ein wirklich erstklassiger Prediger. Ich sagte danach zu Rosemarie: „Diese Gemeinde liegt im Sterben, aber warum, wieso?“

Im Mai 2001 rief ich an, um die Zeit für den Gottesdienst zu erfahren, und statt mit der Auskunft von der Gemeinde, war ich verbunden mit einer ganz anderen Gemeinde. Ich ging dann gleich zu der Kirche hin und sah wie immer geschrieben: „Gottesdienst 10 Uhr“, aber die Telefonnummer hatte sich geändert. Ich rief sofort an, wann dieser Gottesdienst stattfinden würde, und bekam die Antwort: „Es gibt da keinen Gottesdienst mehr.“ Ich fragte nach dem guten

Pfarrer und bekam zögernd die Antwort, dass er vielleicht in den Ruhestand gegangen sei. Aber er war etwas jünger als ich und in Amerika geht man viel später in den Ruhestand.

Was war passiert? Hatte der gute Geistliche recht mit seiner Aussage über die Oberflächlichkeit dieser Zeit oder war er ein guter Prediger, aber nicht mehr als das, kein richtiger Seelsorger, oder waren die beiden Aussagen zutreffend? Wir wissen es nicht, nur dass unsere geistliche Heimat in Scarsdale, New York, gestorben war; und der gute Prediger, was ist aus ihm geworden?

Stillleben

Eine Orange, zwei Äpfel, zwei Bananen in einer umfassenden Schale auf meinem Arbeitstisch.
Zuerst fremde Wesen. Was hat dieses Obst mit meiner Arbeit zu tun? Es steht abseits. Ich will nichts zwischendurch essen. Sie sind wie verbotene Früchte im Paradies.

Ich denke an Stillleben bei Cézanne, zum Beispiel, sehr bewundert wegen ihrer inneren Spannung, dem Verhältnis zueinander und als Ganzes. Ich kann das alles so sehen, aber nicht wirklich empfinden. Cézanne, so wichtig er war, ist zu sehr ein „Kopfmaler" für mich. Und seine Obststücke sehen abstrakter aus als meine Obstschale auf dem Schreibtisch.

Obststillleben von einer Schale gehalten. Warum denke ich an eine umarmende Mutter und ihr kleines, fast schlafendes, regungsloses Kind?

Ein Stillleben bedeutet, dass das Leben stille, gestillt wird. Ich brauche diese Stille, dieses Gehaltensein, umarmt von schützenden Händen. Äpfel, Bananen und eine Orange so genau geordnet, und diese umfangende Schale.

Wolkenlos

Wolkenlos, den ganzen Himmel offen zur
Schau. So viel Blau, dass man nach Kontrasten
sucht. Ja, diese grünende Erde, flach, ausstreckend,
aber trotzdem irgendwie eingegrenzt, sozusagen
am Boden gehalten.
Jetzt aber Reihen von hoch etablierten
Bäumen, im Schatten versteckt und ich umhüllt
von dieser Kühle wie eine neu erfundene Bekleidung. Das Blau, die Sonne dezent weggehalten.
Und ich dachte an Bachs große h-Moll-Messe. „Ehre sei Gott in der Höhe." Ja,
dieser unbegrenzte, so entfernte Himmel auch
das entblößende Blau: klar, eröffnend,
allumfassend.
Und dann: „Friede auf Erden, den Menschen
ein Wohlgefallen". Und so wie bei Bach sind
diese Töne
eingehüllt in Schatten, irdisch an den Boden der
menschlichen Wirklichkeiten gebunden.
Und dann diese so große Grenze
zwischen Himmel und Erde, nur in und
durch Christus überschritten, verbindend,
erlösend.